南方文学

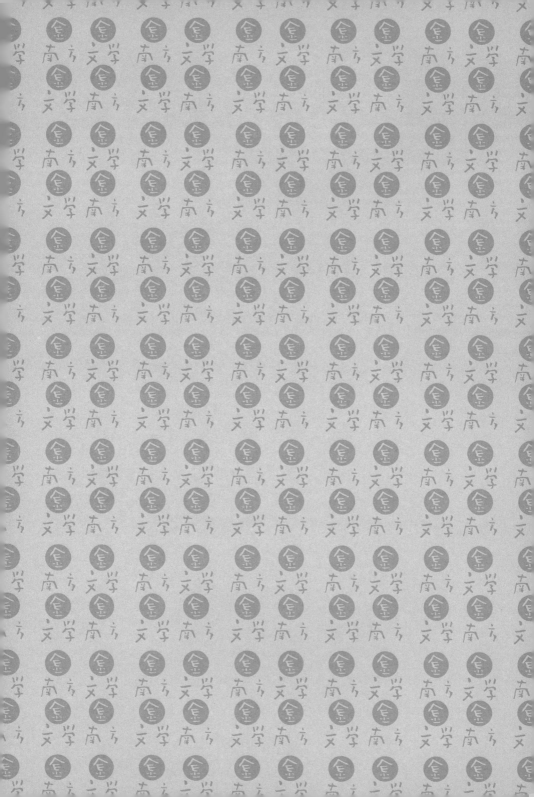

季節

汪啟疆

出版緣起

不論在地或離鄉，土地永遠是創作者的活水源頭。閱讀葉石濤的小說，在真實與虛構間，港都鳳邑風情萬種。在鍾理和筆下，卑微的農民散發動人的生命之光，「笠山農場」成了永久的文學地標。因為文學，地理台灣有了令人流連忘返的人文風景。

資訊時代來臨，作家奮筆疾書的紙上作業成了新世紀傳奇。打開電腦，部落格、臉書當道，心情書寫，生活記趣，短短的感嘆加上美麗的圖片，一呼百諾，手指一按，讚聲不絕，好一片熱鬧的文字世界，其中不乏吉光片羽。然而，我們需要的是更深沉，更厚實，更能挑動心底那根弦的文字。人人都能寫作的年代，文學面貌的釐清，刻不容緩。

走過新世紀十年，台灣文學更顯豐富多元，家族，城市，旅行，飲食等書寫，不一而足，手法創新。作家們在繁瑣的生活細節裏質問人生真義，他們的內心掙扎與生命轉折緊扣成長的原鄉，不論時空如何轉換，美好的文字永遠是土地最美麗的印記。

為完整呈現台灣文學不同面向，「文學・金南方」系列，精選大高雄地區優秀文創者的作品，以文字凸顯台灣南方最在地、生命力最旺盛的文學能量。「金」以台語發音是「真」，正是文學最動人的質素，而「金」的明亮溫暖也與台灣南部濃厚人情相契。

從鄉村到都會，海洋的呼喚、城市的心跳，南部人特有的人情世故，將一一在作家們筆下展演。深盼本系列著作在高雄文化局協助下，讓文學從南方再出發，猶如福克納筆下的美國南方已不只是地理標誌，喬伊斯離開愛爾蘭後終身未回，他書中的都柏林卻成了永恆的文學地標。「文學・金南方」以文字認識大高雄在傳統與現代間如何折衝，並以多種風情向世界發聲。

——編　者

《季節》

——這樣的季節環境心思，才能這樣寫。

目錄

出版緣起——002
名家推薦——015
推薦汪啟疆
以最璀璨的心丈量詩的寒暑　張默——017

春・對土地說話

一棵樹——030
春日——032
鄉間——034
同行——036

雨　雲——039
溪　河——040
小河彎彎——041
短　句——043
這一天——046
要對孩子說——048
美好海岸——050
旗　津——055

夏・許多事都發燙

驟雨——062
跳舞——064
蛤話——067
身體手機和落日——068
沉默薔薇——070
生涯——071
公雞之啼——077
城市清平調——080
夏夜最後玫瑰——084
街頭——086

秋・有一些些童謠

夢的政治家——088
柏孜克里克千佛洞——091
鄉 村——098
情 緒——102
秋天故事——104
在雨中——107
秋天的身影——109
日 子——112
一點點秋天童話——114

冬・是我的需要

她——118
燈　塔——120
拍攝者——122
整理書籍——124
生活篇——126
柴山落日——130
十一月六日，夢——132
老　人——134
好久不見——136

海・有了倖存者

美麗小世界——139
事件——142
冬詩——143
白，季節寫實——146
背影——149
父親——151
太陽法則——153
海在遙遠的地方——158
美麗新世界——164

倖存者——167
關於海喲——169
火　柴——173
薔薇故事——174
風濤之人——176
某一日——180
海軍追夢酒——183
夜讀海戰史——188
十　月——190

這些・全是我

蚊子和山溪——194
貓咪——196
我這隻雌蚊——197
塵土——199
峯頂——201
沙漠——202
犀——205
狼——207
貓——208
狗——209

蚊——210
豬——211
季節詩冊——215

跋

名家推薦（依姓氏筆畫序）

王榆鈞（音樂創作者、歌者）：

走過季節在寂靜裏感知，文字素描裏的詩性如光影，淡然的深情與憂患，相映歸於消逝而共存。

李進文（詩人）：

這是一本時間之書。我們在時間裏生老病死、在時間裏愛恨情仇、更在時間裏回顧過去和張望未來，汪啓疆以「季節」裏的細節描繪出時間的大命題。一反他之前浩瀚壯闊的大海之歌，這回，他在時間裏彷若小船蕩漾著，波光熠爍，他思索、微笑和關懷。海是他的丹田，詩是他的發聲，他唱著四季之歌；信仰是他的方向，詩是他的行動，他往生命深處行去。讀這本《季節》，會感受到一種認真的生活，愛的態度。

曾貴海（醫師作家）：

全方位的詩人，多變而自由的形式，形成獨特風格，展開由微而廣的語境世界。

四季是自古以來文學勞動的主題，生死循環不息的景象，活潑而明亮的展現在文本中，許多話語要向自己、世間及上帝述説，而且還沒有説完。

推薦序：

以最璀璨的心丈量詩的寒暑

——寫在汪啓疆詩集《季節》前

張默

a.

今年五月八日黃昏時分，九歌編輯部寄來汪啓疆詩集《季節》全部打印好的詩稿，並要我為他的新書寫序，記得三月中，汪曾打電話給我，囑我於書前撰文，故當下心理早有準備，就等著他的全新詩稿了。

很有趣的事，當天深夜我於夢境中曾清楚想到要為他寫序的事，清晨起身，進入書房，略加思索，即振筆速寫〈以最璀璨的心丈量詩的寒暑〉，作為序言的題目，內心不禁雀躍不已。這是筆者平生第一次為老友寫序而有夢相隨，能不登錄一下作為最喜樂的事的見證。

綜觀汪啓疆自處女詩集《夢中之河》（一九七九年五月黎明文化）迄

今，陸續出版個人詩集已有十二種，其中有大半是海洋詩，國內歷年重要詩選大系，收錄他的詩作極多，特選列七種如下：

- 《現代詩導讀》張漢良、蕭蕭編著。收錄他的詩作〈水聲〉四首、〈馬公潮水〉，附導讀千餘言。一九七九年十一月，故鄉出版社。
- 《抒情傳統——聯副三十年文學大系詩卷1》瘂弦編。收錄〈病室外櫻桃〉、〈夢幻航行〉二首。一九八二年六月，聯合報社。
- 《中華現代文學大系・詩卷1一九七〇～一九八九》張默、白靈、向陽編。收錄〈馬公潮水〉、〈童話之海〉、〈新水手〉、〈鹽〉、〈童話貝殼〉、〈星空無題〉、〈帆纜頭兒〉七首。一九八九年五月，九歌出版社。
- 《新詩三百首》上冊，張默、蕭蕭編。收錄〈馬公潮水〉一首，附鑑評一篇。一九九五年九月，九歌出版社。
- 《中華現代文學大系2・詩卷1一九八九～二〇〇三》白靈、向陽、唐捐編。收錄〈新夢域〉、〈接觸與互生〉、〈晨安，吾愛〉、〈日出海上〉、〈黑天鵝〉、〈航行者〉、〈飛行事件〉、〈心臟〉等八首。二〇〇三年十月，九歌出版社。

- 《現代百家詩選一九五二～二〇〇九》張默編。收錄〈學生〉、〈馬公潮水〉、〈乳〉、〈童話之海〉等四首，附作品評論。二〇〇九年五月，爾雅出版社。
- 《台灣現代詩手抄本（一九五〇～二〇一三）》張默編著。收錄〈日出海上〉、〈吸吮〉、〈大海站在夢的裏面〉四首。二〇一四年十月，九歌出版社。

上列七部詩選大系，收錄汪詩甚多，其中以海洋詩居多，約佔七成。可見諸位編委對他詩作的厚愛與重視。同時更見證他致力創作海洋詩作的雄心與壯志。

以下特別把話題轉回來，談談這本《季節》新集，基本上這本書收錄的海洋詩甚少，作者的重點，可以從他在卷末的「跋」中得知，他說：「我從未離開土地和感性。所有季節歸於人間、歸於塵土。」是以我認為他收入本集的七十首詩作，大致本著一首詩離不開生活，離不開感性，離不開瞬間美妙的採拾所得，以之成詩，讓知感水乳交融，化為一體，才得以臻至作者心中所期望的畫龍點睛的新景。

b.

以下特精選本書中的金句多則，以為佐證。實則一金句，可能是：一個玲瓏剔透的宇宙，一片茂林修竹的風景、一幅氣韻生動的素描、一抹隱隱約約的水聲。以下請愛詩人細品：

上帝用每株小草的草尖
來承負地球聚集的
露水重量

——〈一棵樹〉

淋雨的樹木
被叮囑濡濕著說話了

——〈雨雲〉

美麗柔彎背脊上
漲潮了，閃漾

美好月亮的手

——〈美好海岸．夜潮〉

傾倒沙漏，凝視大海
計量苦澀在匙下輕輕攪動

——〈美好海岸．日落咖啡〉

馬鞍藤用每片葉子護蓋沙粒
守醒了粘附海岸來往的潮汐
肌膚觸地的姿勢是藤蔓脾性

——〈旗津〉

全塌下的嘩然內，我
……要承擔天空這些重量嗎？

——〈驟雨〉

這一世所能移蠕的距離
就是體軀之伸屈

——〈生涯．尺蠖〉

女人頭髮髮根藏住了
千言萬語

——〈生涯．星光〉

SOS全部舷窗水密門浮在花萼四周
SOS一群蟬要舉起整棵樹拼命嘶喚

——〈夏夜最後玫瑰〉

把那團夕陽攤開來
一隻孤鷺沒入
遼闊

因爲，小小的喜悅在丈量光線

——〈鄉村〉

世界太大，家太窄，我在等

——〈情緒〉

來去的航向、靈魂
就這樣看著你的身體

——〈燈塔〉

風在全世界來往
誰告訴了它；我的緘默。

——〈美麗小世界．風〉

背影是一個人走過後的脊梁。

——〈背影〉

冬日所有的冷日子

計量好圍繞頸項的長度

——〈冬詩・圍巾〉

作出喜怒哀樂的表述，在夜的溪河蘆蓆的枕床吐出砂礫。

——〈太陽法則・貝殼〉

許多事情，世界
不要用日子來縫補
讓大海來洗滌吧。

——〈美麗新世界・方舟〉

杯空了
家是不空的
路上儘是腳印

——〈將軍追夢酒・乾杯〉

一個夢所找不到的海圖窖藏

黃金雕像上數不清奪取的手印
故事發生又繼續，已經老了

——〈關於海喲〉

在夢域中以肉墊行走
爪牙軀體進行索探，愛貓
觸鬚輕碰著宇宙、星斗。

——〈貓〉

我的腳，手腳所該擱放的位置
翻撥身軀探找那被大海藏起
的鑰匙……開啓歷史記事

——〈夜讀海戰史〉

以上從〈一棵樹〉到〈夜讀海戰史〉共選錄二十一則詩中的金句，筆者深覺為老友詩集寫序是一種難得的閱讀經驗，你如果不把自己最最絕對的靈視全然拋出，又怎能燦然發現作者詩創作最特別的長處究竟在哪裡。這批金句實則都極含蓄、深刻、飽滿、有趣，恕我不再強作解人，請詩人各個以特具的觀點去作最精確多樣的註釋吧。

顯然，汪啓疆已在本集中所呈現與以往各集不同的身影，他似乎把語感的重量淡化了，任語意更清新，不再像往昔那樣的飽滿激烈，以及過度探求新銳與冒險的組合……。

筆者曾在多年前，一篇題為〈詩的隨想〉的小文中，曾對詩有過下列諸多的期許：

- 詩是呼之欲出的眞摯。
- 詩是澄明犀利的思考。
- 詩是飽實虛空的交錯。
- 詩是語言意象的拔河。
- 詩是片段的連接與跳躍。
- 詩是某些有意識的飛翔。

或許這些對當下詩創作者有某些善意的提醒，以及言外之意的參考。

而我個人則深感愈到晚年，經常喜歡溫故知新，甚至對半世紀前台灣出版的詩集，十分懷念，諸如方思的《豎笛與長笛》、楊喚的《風景》、覃子豪的《畫廊》、蓉子的《青鳥集》、林亨泰的《長的咽喉》、白萩的《蛾之死》、碧果的《秋・看這個人》……等等，偶爾捧讀，的確愛不釋手。

c.

總之，新詩的道路沒有盡頭，海洋詩也沒有終點，一個詩人窮其一生的心血，最後還是望詩興嘆。祝願老友啓疆帶著這本新著《季節》，昂昂然在台灣新詩的大洋鼓浪前進，不論他人怎樣說，詩人自己的信念是最最要緊的。盼他今後恆常以最料峭的心，不斷拍打詩的寒暑，永遠不停的創發日新月異令人眼睛一亮的絕景。

嗨嗨！哈里路亞！讓作者用一長列燙金的《季節》，安安靜靜向詩神繆思永恆的膜拜。

——二〇一五年五月中旬脫稿於內湖無塵居

春

對土地說話

一棵樹

並非所有樹都是鳥兒唱歌的所在
鳥兒會找到引動牠歌聲的那棵樹

晨間在鳥未醒時我走入樹林
一次兩次、一日多日……明白到
萬般寧靜中總是自那幾棵樹上
鳥敞開喉嚨

聲音靜靜自晨曦透出
輕輕如葉片吹拂
某些樹眞的特別能帶動鳥叫

如上帝用每株小草的草尖
來承負地球聚集的
露水重量

鳥找一棵樹
來記錄牠的歌而且聆聽
這些樹所共鳴的聲音
牠們都是歡樂的，樹會抖擻
風按住葉子的簧片，在鳥
選的時間、地點演出中

並非所有樹都是鳥兒選擇唱歌的樹

春日

親愛的靈魂，我們的音樂節臨及
舞蹈於春日？稍稍背棄彼此屬於
死亡的李奧納多新鐵達尼號電影
仍在樓梯時鐘等那活成老衰戀愛
年輕如初識的回來。春夢誘惑
所有水蛭進行背德的嗜血嘗試
唯欲與唯愛，作奢侈成熟佔領
靈魂在竊奪媚惑且裸示擁有的
自己春日。春日剝現戀人們心臟
各呈什麼顏色，人所驚艷、顫慄
接納、且無從抵抗。給予合適的

肉體光源用美進行薰香以及軟爛
不受胎動而釀酵，讓夜自胸脯
摘下星飾招聚風裏螢火填實這
愛戀空隙。春日，激動何以忘棄
精緻的貝殼；親愛的，此時蚌肉
甚飽滿，短暫於佔有，短暫於時
間、短暫於舌尖最柔嫩的交予

鄉間

親愛的薇薇安桃杏梨邀宴日來到
舞蹈於春寒新苞所藏的隱匿殘雪
蝴蝶觸鬚探逗美人蕉最深深蕊心
蜉蝣短促擁舞興奮疊交等候融化
油菜花已纏綿搖曳且溢滿於田畝
靈魂的水車洗盡滄鬱憑春風灌遞
燦爛園籬遭紫牽牛無聲纏綣佔有
所顫動的綠任性濡濕著臉頰雨滴
青果呈現多樣滋味吸吮泌化甜汁
請蜜蜂進行整個蜂巢重金屬演奏
愛胎孕寂靜用夢裏的夜帶動海洋

招聚水澤讓月光染滿蘆葦和天空
雞冠啼叫了黎明曉境晨露的餘瀝
新霞晴朗綢緞絨默催促繭蛹蛻變
螞蟻迷醉遍野敞放罌粟火紅舞衣
翅膀頌唱雲朵額頭俯在不同界地
種子顆粒傳達預言緊抱鮮嫩皀莢
啄木鳥間奏呼喚遠方瑣吶的節奏
痲雀以全個家族來迎娶豌豆新娘
田疇儘夠再等來甘蔗芭樂紅龍果

同行

醒覺於黎明光暈
樹下徐步，靜響心跳
毛毛蟲曉晨扭呀扭的搔癢
龐大森林就被這麼小的事粘著
擴散、一再發聲的鳥叫是池沼的泡沫

時間深入此中

波斯菊蒲公英野杜鵑搖曳
明白夢是生活另一個窗台
吹向桔梗的風同時吹動松鼠的堅果

動靜極輕、蝴蝶蜻蜓棲身草莖
蝌蚪飽含所要說的一次又一次顫尾信號
童話、故事、寓言、傳聞、所給予
繾綣與依戀；阡陌濛濛禾苗列隊，好靜啊
溪階淙淙、蝙蝠入睡、蜘蛛編織
鼴鼠鑽地、公雞司晨

不被自覺……同行著步伐
牽動　馬陸的腐葉蜈蚣的苔石

天眞樸拙的鵝鴨嬉遊水塘
沉思跨臀；龜蝸牛馱起庇護承擔的殼
上帝愉悅淺顯美善，給予
此刻，晨曦舔洗的臉唇鬚軀
所有響動清晰自覺
石榴發蕊、風茄放香

任何搖曳都屬於瞬間故事
時間深深的延遞
天地正在同行

萬物伸出枝椏
最大的安靜

雨雲

把溪流帶入雲的織布機
不作傾吐的紡了整夜
晨間雨絲帶著牽惦
無數纏綿話語的句子

……持續落又落漏、句子
顯得整個上午
瀝透了，話多了
淋雨的樹木
被叮嚀濡濕著說話了

溪河

蘆葦醮了天空的雲翳、寫在
淺堵上、石頭間、留宿了
水禽，濕沙，爪趾
重量很輕的河

風張翅、蚌
開殼

水响著
蝌蚪
音符的
蛙鳴

小河彎彎

歲月是個搓繩子的人
它搓出了河流這細繩子
抖動它所打的結

以痲和藤和田地和稻穀苗禾
鋤頭插秧的肩臂腰和骨脊汗水

彎彎小河
黃鱔美麗

小河彎彎

青春辮髮

短句

1.春茶——脫離時間的那一剎新嫩。
2.鹹——是春天大海的體味。
3.蛋——還在睏哩，天地等我一下。
4.錶——貓的眼縫中黑色太陽。
5.貓——我極性慾的熱愛黑夜獨吟。
6.鴿——拿鷹來相喻眞是抬舉。
7.網——蜘蛛所習用的愛之挽留器。
8.曬——一二三、藏匿的鹽，出來吧。
9.踩——沙粒愛收貯所有腳印重量。
10.籠——屬於囚守飛翔的集中營房舍。
11.籠中鳥——跳躍，愈來愈窄了。

12. 海鹽——舔我也就是舔海。
13. 罐頭——打開封錮，一切新鮮。
14. 魚罐頭——去頭去尾的一截夢，還在游。
15. 蛋殼——像不像一個興奮後的男人。
16. 盆——作一個向天敞開的秘密子宮吧。
17. 盆栽——活出栽種之心的祈禱。
18. 信——炙燙的手要抓住。
19. 信——我活著。我想你。我叮囑。
20. 信——送一堆心靈骨骸給遙遠。
21. 信——未寫的比寫下的多。
22. 葉——夢很大；樹支持不住它們重量。
23. 葉——一掉下來就再找不到所空出的位置。
24. 葉——我是羽毛、形軀、疲憊、記憶體。
25. 葉——我在思想；風，走開吧。
26. 船——一盞燈浮來寧靜。
27. 船——游在海面飛在空中的屋子。

28. 船——翻過背就是死魚。

29. 船——水線下的藤壺非常斑剝鏽蝕、非常腫脹痛苦。

30. 船——刮得盡肚子私養的牡蠣嗎？

31. 桔梗花——無聲之愛戀所給予的印記。

32. 桔梗花——每朵花由脊髓供應顏色。

33. 桔梗花——吻深一些，或著我就是你的前世。

34. 桔梗花——開落爲更加記得……。

35. 桔梗花——摘下緘默與狂喜，總有地方插。

36. 桔梗花——年年季季話說給栽樹人。

這一天

凌晨，用冷喚醒窗和眼睛
否則仍具晒睡，開燈
隨後站立，祈禱一天的祝福
直到大地出現一些光
把明亮的雲推得更爲遙遠
把肌肉注滿發熱的美好

有眞實的夢
我要去工作了
任何的工作
以不同的人

所有工作的人
默唸自己名字出發
世界不曾片刻停頓

要對孩子說

——我兒，你當聽、當存智慧，好在正道上引導你的心。

（箴言廿三章19節）

不要批評人，而是對孩子說
遇到這同樣事情
怎麼做？怎麼解決？

因爲你愛他，他是你的孩子
你也要把你的煩惱困難，告訴孩子
孩子有一天才會把煩惱困難
告訴你。……他大了也會找到
像你一樣可信賴的成年人，談

關於痛苦、試探、夢想、困惑的心事

你的孩子不希望令你失望
那不是他們意願。你對上帝也是這樣。
孩子不會信服你的道理
但會觀看與模仿你的行爲，以及愛不愛他。

鼓勵、而且找出怎麼愛他的方式
鼓勵的因由，要對孩子說
因爲你愛他。他是你的孩子。

對孩子說，告訴孩子明白
比你對他的愛更大的信仰
更恆久的，是你永遠離開他以後
仍然陪伴。祂，比你更愛他的
上帝……。上帝就是這般
帶領了你且愛你一生的。

美好海岸

·灘　岸

夕陽坐得很近
將夜了

臉上有海洋的
皺紋……也有美麗
豔絢的夕照與黯然

黃昏淤在累了的地方

夕陽的我們坐在這裡
時間聆默

燈火變暗
潮水來去

‧夜潮

美麗柔彎背脊上
漲潮了，閃漾
美好月亮的手

情緒的灣，將頭
靠向女性之肩
渴想的觸及
聲息悠長，走來了大海

·日出海聲

誰以腳印按動雙簧管？

角聲活躍，風吹
醒每個部份，海
按鍵調弦，顯示節奏
法國號小鼓，形成
巨大潮汐音樂在海灘踏步

晨曦揚動指揮棒
渾厚合聲四際昇起
遙遠的、熾亮水平綫
透來無盡的高音

地球在唱

・日落咖啡

喝咖啡的人
竟然不悉，海邊
　心事與夢的、距離
　手上一杯
咖啡沖濾了，滋味
人生混雜感受，一如
　傾倒沙漏，凝視大海
　計量苦澀在匙下輕輕攪動

小桌燈，咖啡
那麼濃的夜黑之漩

用響動探索。杯子外
潮汐又近又遠的溢出來了。

旗津

海浪滾過每家門楣
床和窗都可以望海

整片沙灘總邀留落日
遠方一切在顯示訊息

衆多海浪會站起來群體舞蹈
爲了魚訊、船會在風暴前出發

一個人形鑰匙走在回憶的沙岸
尋找鎖孔……每個沙上腳印訴說

旗津故事，走入唐山角，鑽出巷仔尾

造船廠塢台擱高船架上所有髒垢
油漬吸飽木頭縫隙裂紋殘皺的海
漁人網罟整梳時婦女們相伴參與
古老傳說堆掠屋壁角積一渦亂麻
撒放與補綴鮮活魚體蹦躍的風情

黃槿、包紅龜粿葉子彼此認識
眾多落花填補地面或躺在廟前
颱風後垃圾漂流木的浮游淤集
據說都是來旗津回媽祖廟地址

馬鞍藤用每片葉瓣護蓋沙粒
守醒了粘附海岸來往的潮汐
肌膚觸地的姿勢是藤蔓脾性

海之迴响裏不肯作聲的展捲
前進、匍臥、仰起紫色蕊瓣

老人尋同伴找幾把椅子擱置巷口
海灘吹來的風就始終的存在那兒
幾把椅子已留住肉汗鹹味和感覺
等搖晃屋脊起伏把椅子一一坐老
就聽出窄巷四處擺蕩木屐和赤腳
遠近躍動花跳的爛泥灘由醒而涼
每張臉色和心思染印了太多黃昏

踩過沙礫站入空曠已極的
大風車底座，手拂過額頭
探觸觀光墓坵旁邊林投樹
覓找幼年秘密擱置的收藏
故事永恆貯放原生地所在

這刻竟幌惚看到故人回返
藏放海灘的腳印有所再現
曾屬的話語繫有最初童謠

風總在耳語

旗津，旗津曾發生的種種
屬等候的人和討海者故事
蝦一般剎現本身彎曲殼線
美麗未著寸縷的青春肉體
（所喊的名字是那片大海）
（在月亮豐盈之美裏赤裸）

聲响交織出礁石海浪
對話更深更緊
來旗津　放風吹

登上砲台或更高的
燈塔，新鮮如昨的海
不變美麗容顏，這兒成了
　　世界的中央
潮汐牽拽船隻港域出入
風雨來了更敞開外灘大海

擂響港埠岸址動人的旗鼓
美到勁爆的舞蹈和招展
海很乾淨
非常乾淨

夏

許多事都發燙

驟雨

全場下的嘩然內，我
……要承擔天空這些重量嗎？

來得突兀猛爆
是要處理什麼呢
剛抱怨炎熱忙碌
片刻猶豫喧嚷
身體好透澈的濕了

不及躲避，好大一場雨

雙肩扛了吧
人有一副強脊樑

跳舞

潮汐跳舞
在海邊跳舞
用沙的聲音跳舞
漂泊的心抓緊礁石
把沙踢起讓沙也跳舞
沒有比這更配合的開敞
……風啊，把夢濺些進來
吹往遠處，跳舞在最美好的
鬱金香、向日葵、白雛菊地方
防風林跳舞

灘岸跳舞，貝殼和信件揮動
讓故事發生。未長大的小孩陪同
浪沫跳舞，從夕陽偷一枚最大紅柿
把心臟交給遠方。大風上你的船跳舞
你從沙灘跳舞跳向天涯直到吻別
海水所濺臉孔，記憶滾動珍珠
影子在白天鬧鐘在夜裏跳舞

燈塔跳舞
腳趾伴翅膀、手掌伴胴體
種籽、鮮花，靈魂伴蝴蝶蜜蜂
懷孕的胎兒，引來入海的河流
全身慾望拖來的舊時戀人
跳舞的汗滴新鮮節拍
在自己夢裏，跳舞

颱風跳舞
巨大和溫柔，一起跳舞
與破碎跳舞大聲啜泣
沉船水手在水線跳舞
一萬裸體男人跳舞彼此期待
性格的一億個女人出來
風濤起伏千千隻海鷗
回應所有鱗片跳舞

跳舞潮汐
跳舞防風林
跳舞燈塔
跳舞颱風

跳舞再跳舞
跳舞跳跳舞

蛤　話

當然明白水
的冷暖、夢
開一道縫滲進
絕對容得下的
流量。絲毫不理會
河的寬窄長短。問題
祇在我這粒肉內
貯存和純度
不夠解讀
水裏的酸楚

身體手機和落日

每次用故事，撥號，呼喚，告白
都可以找到那具身體所屬的手機
把所有的場景儘可拍攝輝煌燦爛
或黯淡無光，心情E-MAIL傳印。

我因此看到了回憶內未被發覺的
人總愛彼此錄匣影片內翻尋身體
如何顯示秘密所被保存的美好且
不斷撥號、呼喚、貼補、移位給
一天龐大笑靨莫名消失的落日。

身體在地平線那端，手機響起
顯影液內的螢光
傳來愛在多人姿勢後邊擺POSE的落日

沉默薔薇

一朵薔薇告訴我
它不在乎所以被剪下
但注意將被移插之落處

美麗是不能浮在虛空綻放
之所以爲薔薇乃因爲根屬薔薇

那最後的位置
就是一生。

生涯

·尺蠖

這一世所能移蠕距離
就是體軀之伸屈

·落日

太多言話全在氣化
那團火漲滿吼聲

・退　潮

灘岸的心事總想
沉甸甸的走離

・下　雨

雨天鳥在森林裏
認知所有樹葉都在啜泣

・落　葉

風的迴聲內
脆弱的自我逐漸乾枯

·小村

一隻隻蝸牛挾入整桶
充滿記憶的小房屋

·晚餐

夢就這樣煎炒打個蛋花
——吃飽了蛋白

·呼喚

遠行的船
總聽到馬鞍藤赤腳徘徊海灘

·地球

一半睡眠另一件醒
做夢和工作不妨礙

·星光

女人頭髮髮根纏住了的
千言萬語

·蛇1

愛是一綑心裏的繩索
舌頭不停向萬物舔嗅

・蛇2

心是美麗閃電的內容
要把一切作完整呑貯

・蛇3

蛻棄舊軀殼，渴望
一次次懺悔後的新生

・貝殼

剎那，任何失落都被撬開了
生命、絕美、柔滑、鮮嫩、蒼白

·影子

所有人事物滲了黑暗
藏得深深的

·寫作

我喜歡寫頭顱、脊梁
直立之人所必具

·生涯

衣裳曬掠時間忘了收
黃昏全滲進去了

公雞之啼

1.

帶動肺和骨骼
帶動嗓、翅膀，用
肉帶動夢……和全世界
心志帶動身軀、嗓子
所梗發的
最高音

2.

啼聲
不可抑止之渴望
催促、抖顫……竭力
嘔出熱血烈火

空氣瀝現鄉村農地原音的古老之歌
在等地平線久未見的待認識的初陽

3.

聽著黎明遙遠扒搔。我已
在城市社區的水泥居屋夾裏疊層內
找出某天進住的未具門號的公雞

陌生啊，這久違日出之禽鳥
啼……在冷風喉嚨深處
有這樣的一個人
有這樣的一隻雞

城市清平調

·馬櫻丹

低微的馬櫻丹
　最懂得該怎麼生活
枝椏紊亂爆出各樣
雜色……蓴上戴住
粗糙染彩頭巾布
平凡人過日子

把所有勁都聚集來討生活

紮硬枝蔓彼此絞緊
闖城市就憑佔有一點土地
擺個攤子，小老百姓
湊熱鬧在所有花中
開自己的吃食

‧樓台花

花苞大了，探向四方
開萎了落往樓廊，落向騎牆外
祇想用自己任何時間的容色
　　　補白一切

花小也要大開
愛有了給予的慾望

完全超越了容器
美溢出全部情意
花台是站腳
心伸向天空

有自信
我是最美麗的

．傾　城

艷紫荊瘋了
一花發，就顛狂
炸開戀愛來，什麼不剩
忘卻葉子，全發綻放
生命悠悠繁華……燦爛
佔據整棵樹的全部，窮人

傾盡一切所有燃燒整個城市
愛就認作是我唯一一次

・夜　曇

「……妳見過雪嗎？*
它才夢到雁聲就化爲淚滴」
容顏一直在等這聲音
整個我用淚滴綻放
寧靜、寧靜又嫩柔的
一點點夢，純淨作短暫凝視
孤獨、但我要看整個開謝
抓住一生時間

*首句為沈臨彬詩：浮蘭德

夏夜最後玫瑰

And now the storm-blast game, and he
Was tyrannous and strong
He struck with his o`retaking wings

——柯立芝，《古水手之歌》一章十一節

SOS熾熱之纜繩渴望
SOS風濤甩動整束打散的花
SOS全部舷窗水密門浮在花蕚四周
SOS船腹肚臍一直要仰向天空
SOS艙間空氣吐盡了星沫和家人
SOS駕駛台手腳長而又長伸出去
SOS桅桿開始一枚陀螺的舞台旋轉
SOS船錨狂撞自己頭顱

SOS 一群蟬要舉起整棵樹拼命嘶喚
SOS海痛楚痙攣
SOS靜悄悄的——死胎
SOS散裝貨輪和人一起站立
……仲夏夜之夢揉皺
幕布台上未留有任何花瓣

街頭

廟會上街頭了
善男信女裝紮聚集
鑼鼓鞭砲、仗儀呼擁
神轎巡境
　　　　我走在
信奉神的
行列

各廟都抬出信仰
在街頭，總各具所想
需求和價值、焚香鳴道

心熱血沸屢次街頭的、我們的
激情與理念，各自呈現神一般主觀
所屬的訴求，頭顱高昂
各看所見，在風向內傳遞
八家將塗抹面容的
吶喊和台步，走神的行列

「當社會充斥
太多自視爲大人物的小人物時」*
佔領街頭的神明們
興奮喧嚷、臉書連繫
活在不留白的熾熱
把路擠爆

*英國魯益師「時代與潮流」所寫

夢的政治家

政治家絕不把自己人格走窄走失
絕不爲目的不擇手段。要給人民以
夢、誠信、具體的行動；不住在
蛋殼內而是乘搭鷹隼翅膀看清楚天地
寬濶、河山美麗、出產可用、人民神聖

他不以多數否定少數。環境無聲，他
明白普世價值、基本需求、愛與貧窮的渴望
他在稻田觸測穀粒，俯首於母親和孩童
工作表內是平等、公義、均衡、富足和誠實

策劃書記錄他立在學校、工地和店商、巷弄
傾聽不同聲音，抉擇共利方向，堅實前進

他可以失敗、落選；但必須信念崇高
必然相信任何事情可以變好，從無私出發
提高自己也抬高反對者的信念，有反省的心
相信自己同胞及人類。將愛和努力交託予上帝
以希望約束自己，告訴百姓將做什麼並完成什麼
記住所負的責任，清楚所有透明的過程與決策代價

人民瞭解他一如他瞭解人民，知道他是
少年所稱的父兄、高齡者視之爲兒子

政治家需要帶著眼淚的擁抱，高度的前瞻
他確信人類都具有天使性格中的美好
祇要做夢醒了彼此都是最眞實的存在

他是溫暖身體對這誕生土地的所有者
以同一血脈深呼吸祖先們共同呼吸過的空氣。

柏孜克里克千佛洞

自己選擇坐在窟洞內
苦行僧，塗丹雕石彩繪
僅是塑菩薩，作塑夢的砌鑿匠
繪佛，更進行自己剔肉去骨的情思
把身體沉入瞑思的寂靜底，千萬佛
自未知的夜把飛天所掉下的
蓮花重拈，按入壁圖的手掌或空隙

那些，一次次榧擊、一釜一錐
出現了侖廓，想起自己不過也是土石
深藏形貌，一具具捨慾捨身的面首

慈悲的大無盡內短促芥子大千
不就呈現了淡泊不動體姿
把你我肉身一尊尊鑄現
借塵俗堅土大石
爲佛、爲菩薩、爲萬千衆
夢踩軟了石頭
祂們是這類顯化
是從我們中間回來。人在此地
以今世名姓丟不下的痴愚
走入衆多大德大靈……各窟各洞
物化前，蜂蟻蟲介亦有家居
皆不同但忘卻己身凝固的形諸凝視
用風的重量塵砂的惆悵看向須彌
無知感無覺識無諒悉察看大緘默於此
不生不死不滅不增的頑頹澈悟了屢生屢滅
無息無止之大意義大包容大奧秘

星星的距離是壁是石
時間之彈指斟酌無涯

夢之沙蟄
　有冥想之愛

衆生來這裡
五十七個石窟寺院，虛印
腳痕的一聲到了
到了又如何，魏唐五代宋元
都在這裡，坐著蹲著躺著走著
我，亦來了；在一個極簡陋矮小的泥穴
找出岩隙夯土很陰暗部份
的悟會。堅峻斧劈內時間的响動
汗水與喘息在每處大呼吸的擴散中

好勞作好慈悲與端坐默修中誰的救贖

每一故事每一典籍
每個喉嚨肺臟填實的表裏
大匠拙工充沛滿滿天地群像
劈擊後大寂靜仍在迴聲
剝出蓮花佛體已空的座盞
四壁的諦聽內默若水滴
消失在乾涸裏寂然內

我踟躕再三用手電筒放大鏡
嘗試到洞口把陽光牽進，柏孜克里克
我站著，胸口吐纏所綑綁
的線縷。拽自己入一尊空隙
坐化貯在陽光內的餘熱，我呼吸
囑此我的未見，一年十年一生……

雙手不動
心頭完成了姿勢。

秋

有一些些童謠

鄉村

1

收刈後、遼濶繁密的
星光已杳，田地再無可摘
一種渾忘，空曠，泊淡
掛滿了
沉寂、開朗、微風

曬穀場不具內容的糠秕
被風吹走。秋日

栽種的期待仍在
　菜圃新綠廣袤
　　葉子是風的形狀
莖白是雲的情態

2

田問所圍住的墳頭
眺看到遠遠山脈稜線嗎？
　　曾經來過了的
　　　驚蟄、穀雨？

遠方啊……曾站立扶犁
秋日眺望。但屈身
就屬於了土地
那不須到達的遠方
一同遠看吧

3

鷺鷥在風裏落入秧禾就不想動
縮起一隻腳獨對田畝四野
映襯輕徐也在棲落的太陽
餘熱內的心跳土地都聽到

4

（一隻持續撞向紗窗黃昏的蚊子
正以飽血的美與透明
把夕陽染在我拍攏的雙掌內）
日落了……

暮之色澤田地
是理想歸屬景緻。動人的
一份殉身蚊子的安息。我掌心
把那團夕陽攤開來
一隻孤鷲沒入

遼濶

5

夜熄了燈

各處青蛙、紡織娘
在黑黑大床鋪
整夜不睡

情緒

向自己的手，吩咐
上班時把門關好。時間啊
我一天都不在家……

不想開燈的看著一些黎明事物
一直遺憾沒有誕生在某些時代
現在我喜悅於藉由矇朧和閱讀
即體察著歷史的那刻；時間啊
往昔卻永遠不曉得我的存在。

曉色、怎麼走出夜的肉軀

溢出身體姿態所醒的沖怔
因爲，小小的喜悅在丈量光線
世界太大，家太窄，我在等
出門前把貓摟住，叮嚀牠守候
（沙漠之心金字塔前的司芬克斯形成）
小巷路樹被樓擠緊，祇具灰色
上班時情緒忽忙、未及顧惜路面
那些掉落又掉落的老、葉。

站牌熹光內
影子又瘦又硬又長又作等候
　我低頭、看到，疼惜已極。

秋天故事

1.

羽葉在樹群高度上走動
繫著細弱如心情之綠風
藏匿鳥兒悉悉索索來去
晨間瞌睡的樹非常寧靜

種種事件都是完美的
做夢身軀的風中鬚根
浮在天空池沼之初日內

洄響聽不清的遠瀑和凋落
使我記起了什麼，這樣的秋天
誰用樹葉自身軀輕劃，形成
心頭皺褶、踪跡走過我們
鳥來了又再飛走

2.

有些冷，海邊
海風大些；一切响動
是因沙在灘岸徘徊
某些心情
同秋天太陽一樣
離去又隨另次潮汐回來
（誰帶回來的呢？）

壓成潮間帶的
　碎殼、魚骨

那些吹走的沙
開始了眞正凜冷。
灘岸上一個秋天軀殼的人
呵著手心的暖氣
臉孔移幌在天空內
拖動了秋天
累而疲憊足印

在雨中

天空的雨含有
眼淚的滋味，卻沒有
淚的澀苦……我確切嚐到

該怎麼說呢人間不能少了
雨滴看不見的擁抱。我仰頭
具一份瞭解，雨滴濺到地面
它的味道帶了感情、安慰、灰塵

尤其窺探到
雨突落時，陽光陣陣顫抖

省鳳的哥們決定以班會邀聚
辭職的曾勇夫*給一些，高中同學
的溫暖。雨在下，自辭的法務部長
他會來嗎？

*曾勇夫，前法務部長

秋天的身影

想到溫暖秋天
心就溫暖。秋天的
夢逐漸合攏成形為彩虹
河川沙礫內的蚌以自己
　　每一粒的飽滿
　　殼紋彩虹的
　　秋天顏色。

撒開穀粒鴿子們
飛來啄食的秋天
　　到了

飛過遠方海洋回來的
鴿子們都瘦了。啄食
凝結鹽粒的秋天

　　秋天
　　多麼豐富。

秋，上路
帶著柚子和月亮
剝開柚子和月亮
柑橘、無花果
甚至石榴……所有身影
都在家屋前院蕃石榴的月亮內
長出澀硬蕃石榴站立

那眞是美好
碩重的酸。

日子

藤蔓，攀爬充滿在
窗櫺弧棚透明擋雨蓋底下
枝葉內部出現一個小鳥窩
　日子不知什麼時候
　　往窩的上方
　　　又添了另一個
　　　　小鳥窩

在兩個鳥窩象徵中
在雨和透滲的天光內
樹葉蔓藤拱護著

窗櫺的家庭
似眞實的想象
兩個鳥巢空了
孩子長大
不知道什麼時候，時間走開……

天天開窗澆灌
偶爾回來的鳥聲
日子靜靜的

一點點秋天童話

‧絕唱

每處地方
都唱季節之歌
每首歌，年歲都作記錄

每處心頭
活了一份吶喊。是火光
是季節之聲，且都有
咬過的齒痕，一點點蝕孔

每首歌，都以不同舌頭
回到柔柔光線
最初詠唱中

．沙漏

沙漏上端空了
時間每一粒並未失落

除了貯聚位置的更易
無他事可急；意識的紋布
織亂了花色，整塊圖樣
都在聆聽秋天滲透身體……

多樣急墜的直線，洩放了

坍潰往另一世界的屯積。

・螢火蟲

我裏頭的螢火蟲
一一飛到外面
在黝闇溪畔各處，把燈籠都掛到
星星位置去了。

・螢火蟲 II

年輕的孩子說：志工伯伯我認識你
是衆多老人中的一個。
我明白我短促時間的閃亮
世界讓我所能做的工作亦有限。

讓我繼續愛著每一個人吧。螢火般
我的有限在年歲中更實質化了
身體掛著沙漏和陽光的點滴，在醫院
凝而未落或滴落的當作淚也無妨
羽翼早在日子呼吸中明白了暖涼。

她

醒在寧靜的夜裏成爲
樹椏間逐漸映顯的黎明
一生未了的心思懂一朵鬱金香
伸高的酒盞，肌膚溫潤
安祥細膩瓣片勻衡。將一種美
開放；這樣的走入夜的
螢火、泉水、綠蔭、道路

感謝上帝給予婚約之美，她的心在我這裡
醒著明白這些仍然閉住眼睛

她在床右側因寒冷的夜爲我蓋上被褥
才再又睡下

燈塔

你就在風的靈魂裏
風吹過滿聚海浪的地方
學習對時間凝守

起伏的遠方仍是起伏
雲朵凝止不受吹盪
自盡頭，往遠處
每一個心跳、你都在聽
心跳海潮的頻律……也都明白
遠近、記憶與眼見的開濶
不離不棄守住岸岬
波濤迴漾天空土地之際

以長風與光韻環繞所有
呼喚交遞的夜晝對照
每艘船來去

來去的航向、靈魂
就這樣看著你的身體

拍攝者

背了攝影架、長短鏡頭
蹲在郵筒旁拍攝斜豎的旗幟
舉著照相機，在十月瑟冷中

眷村改建的社區
能拍攝到什麼
我客氣詢問
他們竟回答
眷村消逝後
祇有遺址上
找得這麼多失踪的國旗

祇有在消失的東西裏
才能找到不肯消失的心情

整理書籍

蝴蝶效應的每本書，漫到
書房、客廳、單間、廁所
而後半生最大財富於閱讀
這些不斷積彙的罌粟

妻叮囑我：當人近老邁
告別之前要把愛好處理完
必須開始作存書濬整

每天澆花倒垃圾
洗滌衣裳的其他時間

讀本書寫幾行詩，就
帶著書頁所淨化的
沉思的臉整理書籍

書又在動了，今天仍然
見證此時所凝視書之種種
上帝給予我每個新的
一天，當迅速做妥
……整理書籍進度
所剩去處就很好安置

親愛的，我一定會
處理妥當每一本書裏的我

生活篇

感受有了土地就可以分享養活各家的人
領悟圳儲勻配的水源可供應田畝栽樹耕耘
喜歡夜前的黃昏邀人都來到相伴的稻埕
（我想起這事，心裏就有指望）*
享受簡單卻溫熱美好的炊煙睡眠
聆聽單純而沒有深奧學問的生活講古
等待雞和狗都回來守候微風的迴聲那是昔日的人。

螢火蟲星星的夜是沒有政治與謀算的夜
小水鴨來過冬了來往的車噤聲的詩的日子
最好聽的黎明禽鳥和啼明公雞所叫喚的非電視

（心裏尋求祂的，耶和華必施恩給他）*
我感應快速火車彼此相對交錯的排斥氣流
我學習愛和死在拉丁語裏全是同一個字源
我瞭解人的美好人的卑劣人的熱情人的衝突那也是人的信仰。

我該是個老舊的昔日者但也是個懂得適應生活的人
年紀大了更須守護珍惜被時代多元所帶動的逐漸失去
什麼是激烈的平穩的不可失落的我更明白家庭是整個的
（每早晨這都是新的，祢的誠實極其廣大）*
所謂被感動催促正因爲曉得了感動的眞實
天天挖填踐踏的土地是給予人一切供需的土地
夜愛問白天工作白天回問夜什麼時候天亮以之作息。

*取自耶利米哀歌三章21、23、25節

冬

是我的需要

柴山落日

紅貓・唇舌微顫・舔動

毛色絳染波層
尾色水底扭動
遠方彼此擁抱
大海僅剩餘燼
喝下一杯烈酒
山階昔日木棉花

貓伏低身子・紫黑・微溫

用夢黏牢、帶動
出港彩漆的船隻
朝夕陽最後呼喚
港岸揮手的女子
殘灰燻紅了身姿

就這樣走了……
愛的剎那下沉的
幻之景緻。

十一月六日，夢

夢裏有無數陌生發現
有無盡新鮮熟悉，有最
多的刹那變易，不斷不斷
出現了意識與探尋。但我們
親愛的，熟悉的人，不要因此
孤獨的走散……祇剩自己一個人

有茫然失落的恐懼，把我的夢
移入闇黑的內臟，我困惑你的不在
錯愕得在全世界的曠野找尋

你在那裡呀，我的朋友
你的所在？我再難尋覓
歸納自己醒於什麼地方
眼睛逃回了床枕的歸屬
手仍在探索胸口怕再失去

夢裏我叫喚，卻沒有回應
往遠近尋找，卻各自迷失
多麼無奈多麼擔心沒有你
多麼戰慄，活著卻有
死了的感覺。我夢到
挪威史瓦爾巴群島一隻
瘦到皮包骨的北極熊
在凍原不斷縮小消失時留在
孤獨於無任何同伴的浮冰
在夢最最窄小之地。

老人

該記該忘的，都
粘亂了，我說的這些
你們都說不是……那麼，該說什麼
才是你們要我記住的呢？

天天擱在眼前成爲
唯一所要熟悉的存在，是
安養院天花板蓋下的黑
一關了燈，沒有星，也不是家。

只一個人

怎麼是家？
你們叮囑得好怪，要我
好好住下去　我點了頭。
住得讓自己忘了活著
是可以的。床孤單的說
：我陪你　我又點了頭。

好久不見

I

空罐頭
歪在被踹開的位置
小學遊戲過程與藏匿
被踢遠的空罐頭竟也失踪
藏匿久了，遊戲也忘了
但確實是我們跑來爭踢罐頭

聲音在光亮裏，升高來
童稚躲著或匿藏得更遠
彼此終而發現

兒時，好久不見……

II

好久不見，沙漏
漸盡。老的壓力
是再慢漏失也止不住。

生涯在前、舊路杳失，曾在
所有的門號裏，藏匿自己

最後，不是埋就是燒

這點靈魂都收到通知
所以我來到了舊址

好久不見的你，出現的照片
外貌爲留住青春作過一番整理
（憂鬱而顯笨拙……器官累了
心臟衰竭、夢和懷疑症粘合）
白帖的訃文上；你向我說
這一天，咳
當須一見。

美麗小世界

・世界

我們心裏有很美的部份
總不掏出來；所以
世界變成了現在這樣子

・田間池沼

雨之池沼是一團霧在聚會
討論過去眞的回不來了嗎

而未來……又會如何？

世界是大大的霧；覆滿
意識的小小池沼；無礙
未竟之夢的倒影：濛濛。

·童　話

星星一直等候
遷徙的螢火蟲

地球消失了牠們的沼澤
它們必須飛回眞正故鄉……

·風

風在全世界來往
誰告訴了它；我的緘默。
此刻，到了面前
抱住我

在父親墳頭。

‧貓

豎耳蹲踞著
聽那顆月亮
遙遠輪廓下的騷動
開始以嗜魚舌尖
舔海的發亮的絨毛

事件

夢到一首好詩，卻再也想不起來。
夢到蛋裏打出一個太陽來凝固
此刻　　　抬頭就形成了生活。

黑板擦去，祇留下
白濮濮字印意象。
某些個霧中影子
迄今未走，存在的美好事物。

冬詩

·童夢

暖暖太陽在窺探
後院掠衣繩滑梯板下
孩子的沉睡小車

·星星

外省第二代
努力在建立新故鄉

有故國
故國是父親的夢。然而
所有的人難以拒絕
到海邊看星星的故居
用眼睛探找門戶路徑

·圍巾

生活這團數字
被編織所纏繞
毛線團在揮舞織針
靜靜被時間染色形成
我熟悉這纏繞溫暖、是以

冬日所有的冷日子
計量好圍繞頸項的長度

白，季節寫實

I

一切美好東西
全都因爲短暫，才美好吧
因爲短暫所以山川才具需要

花苒的次次綻放萎凋
該是逐日再現的故事吧。雪
累世毫無結論的恩怨，空白著
以一次次生滅解註作答案吧。

你是被需要的，火將燃燒
我也是被需要於充填的
沒有一片雪是相同的
關於我愛你的渴望

美而纖細的雪花落入大片的　　白。

Ⅱ

影印機未放進任何文字就開始覆印
一張張、一片片、寄給我　　白白白白

關於我愛妳的，渴望。覆蓋住一個
小小爬動的夢。一隻白刺蝟
（關於愛）所屬的白。

III

喜歡瘂弦的二嬷嬷（我在白色裏多次朗誦）
鹽呀鹽呀給我一把鹽呀
天使們嬉笑著把雪搖給她

喜歡一九一二年探險隊（在白色深處南極）
羅·斯考特海軍上校睡袋冰凍半埋
白便條的告別信：一點都不後悔
英國人帶著一直奮戰到最後的無畏死去

白色完成一切最簡單的寧靜
賣火柴小女孩劃燃童話取來一根季節白火柴梗。

背影

一個人，靜靜記得很多走過的背影

五十年前
媽媽說賺錢是要吃飯的
不是拿來買糖的。
她告訴兒子：在糖果罐裏
留著一顆糖，就會一直有糖。

更久以前奶奶說
蠟燭要省著，點亮要安靜
讀書記帳趕手藝習學徒

不要閒燒……痛要咬緊。

第三個背影的朋友最愛談
好人遇到壞事會拿它變作好事
壞人遇到壞事會使它變作
　　更壞的事。

背影是一個人走過後的脊梁。

父親

我所寫的詩
如果只能感覺
不能感動；如果
一棵樹張開葉子和花朵
以自己的感知來擁抱
地球最大的存在
那該是
自戀的冷寂吧？

將那棵樹
劈作薪火，才是感動嗎？

我翻父親留下的書信
想找他的手和臉來續問
卻祇在自己肉體裏
找到他的離開

太陽法則

神造萬物各按其時成為美好

——傳道書

1. 梵　谷

所有曾渾結的東西經由保存現在重又復活了如此之小的融繪進入到梵谷畫筆美好圖框內帶了人前所未看到未覺察線條。饑餓的火把碩厚於龐沛夢之展放和淤積一切價值重估。筆觸熱烈，生活刷現滯重太陽所凝固顏料的瘦頰紅髮和貧窮。寫巨大星座之漩渦。鴉群

的聒噪。日葵的焚燒。人孤絕心靈多次翻絞
哭泣的慍怒。割下耳朵寄給不愛自己的人。

2. 貝　殼

我所看到這美好存在。如此眞實小小若貝殼
貝殼愛上自己這粒不知天高地濶的小小心臟
它時時在社會不知何處發响著有一聲沒一聲
的迴音內找那些涓滴，眞實孕現痛苦的珍珠
每粒都具燃燒。我熱忱著最微小的溫柔清涼
而蚌一般緊合著至性，逐漸長大的摯愛成爲
含具是非善惡的諸類情緒……作出喜怒哀樂
的表述，在夜的溪河蘆蓆的枕床吐出砂礫。

3. 公　雞

公雞、時鐘、白日、黎明的喧嘈內循替召喚完成一幅自我油畫。證實喉嚨有骨勞動有癆人總攪動那不知如何自處的巨大寂寞與驕傲……迴獵澤地的魂魄，團狩莽野、肉搏血牲在風雨雷火中，追逐奔竄、豪奪佔取。牙爪皆具在一個熾烈身體心神灼燙的地平線四顧現出啼叫的掙動，肌肉抖顫，但不知終止。

海

有了倖存者

海在遙遠的地方

I 遙遠的地方

神稱旱地爲地
稱水的聚處爲海，是第三日。*

所要去的地方，海市蜃樓有團霧
輪替太亮太空曠太孤寂太大的多變月亮
和一個發呆太陽；風甩蕩一圈日晷
掀亂水面即有的繩紋，癱瘓心思。

去到遙遠的人，是以夢作閃光
用船艙所帶的盆栽作桅桿的骨心
記錄年輪內每片葉子離開時的哀傷和想念。
駛過天涯邊緣、水晶岸埠、黃金穗粒土地
岩崖銀飾洄瀾，鹽乾濾爲幻聽的灘沙
時日動靜，星空拽緊兩舷。

太鹹太大太孤寂的遠方是所要去的遠方
青春一搓就衆葉掉落，盆栽萎謝
比夢還遠……比崦嵫更遠。
領受光再度作創世紀出發
死亡曾在大海給十個太陽洗澡
沐潔十二個無瑕月亮，載東方神話
駛過遙遠的歲月。身軀遭太陽炙焦
月亮凌遲；不擔心結局，且喜悅任何發現。

皺紋、傷痕、鹽、戰鬥、經歷著渴望
黥刺肉血和骨頭的勇氣與衰老……這是我
熱愛航海和新經驗，體察美麗醜陋與自瀆。
遠方與故鄉有所相似，經歷滄茫經歷新生
相對於船的到達，遙遠絲綢卸載
另一個我在另一處裝備另一艘船
笨拙的駕御羅盤、工具、風和意念
學習帶更多火藥、種子、待標註的
新航圖。雲漂在遙遠地方。

夢強烈想及了人心的牆角
陌生的崖上，一群杏李羞澀且稚嫩
今年今歲必定綻放新的歌謠。

人類，在我的心頭縈繞不去。＊

＊首末兩段各取自《聖經・創世紀》一章、《偷書賊》末句。

II 海

一些人
向海痴望
關於海
任何一次變幻
都保持
看海人的
潮汐覺察

這些人我認識
更多陌生者
眼神響動渴望

臉容哀傷複雜
某種飛揚、某種宿命
極大寂寞
留在遙遠地方
因爲海去了遙遠的地方

虛盈的月亮胖胖瘦瘦
女人高矮則如同各類
薔薇插在遙遠的地方

桅桿想及了
所串起的落日

更遠的地方亦想及了
回不來的人

在遙遠地方
往那裡的
……都留在了那裡

美麗新世界

——沒有星辰而又清明的
失去距離而又遼敻的

沈臨彬・黑髮男子

・鹽

請嚐一下裏面的海
請看沒有聲音的寂止
請尊敬我乾燥了的凝固
人啊，你內裏能有比我更大的叛逆嗎

・方舟

我們心裏有很美麗的部份
總不掏出來；所以
世界變成了現在這樣子。

許多事情，世界
不要用日子來縫補
讓大海來洗滌吧。

・四行詩

我相信黎明內其實還有夜妝
瞎了的頭顱仍感應春天的臨近
開窗戶睡覺風會把四野帶入胸膛

世界，粘到皮膚就使皺紋攣縮發燙

・艙間書

時間之美乃在，海洋
不給萬物任何刻痕；魚缸說
生命互觸互動其自然關係
形諸難以敘述的繁複性；筆說

鷺鷥倒影在
涉水淺渚處，是我，靜靜寫出
影子、葦芒、水波、框起來的孤獨
沉思—我對妳的愛。表述船艙內
一個飽滿種籽袋如何被時間帶向遠方

倖存者

昔日磨出苦澀咖啡
他向我訴說如何背叛伙伴
選擇同死，卻在涉死時活著

烏坵海戰存活的艦長
仍在冥界黑色深處漂浮
不自主的，被趕來的馳援艦尋撈

受突襲的亡故日他
整日不說話。亡靈們都在
黑咖啡底

痛苦之夜
永遠不作聲也不讓人發現
那是黑瞳內眼淚的漩渦
同伴仍在那裡存活
不曾遺失遺忘的永恆
他是屬那些死、竟倖存的人
我隨同他沉入噩夢
手指咖啡顫抖

關於海喲*

時間自有節拍，蝙蝠倒掛
心跳、潮汐、航海鐘、暈船藥

前進的船隻一海浬又一海浬
攜帶星空經緯，跨越時區，關於沉默
　　關於女子
　　關於熱病
　　關於海
酒膽，歷史、祖先、夢境、歌謠
大風抽盡那喝出的豪情，坦蕩無限
誰勸止過我們什麼嗎？青春的

任何邂逅，往事都是海喲
年輕多喝幾杯無礙於出航

　　關於繁花
　關於維納斯症候
季節邀來了日子所凝乾的貯庫
看向前方，把頭挺直的，白鴿們
脊椎閃動高粱芒穗、吧台、海戰
風濤起伏，滄茫打濕了心，夢中
「但願大海化作酒
一個大浪喝一口」之氣概
（妻是新歡海是舊愛）關於河流關於手鼓
已在記憶聚首。眉宇起錨、掛旗刮颶的
碼頭終要離開。岸灘拍擊，關於海喲
藏貯在可怕波峯內呼嘯風中情貌
告訴自己在挑戰的完美受造

又醒又醉又膽識的魂，漂回來
裸身站立海之對決場大吼　關於愛恨
　　　　　　　　　　　　關於傷口

被島嶼捨棄
是悸動感覺？對港口
瘋狂？粗暴繩索不再緊束
男人擲頭顱如骰子的藍
舞蹈更其潑辣的狂風，日頭胸脯
乳房起伏，海與波浪橫列
開放世界所有美豔的罩扣……哇喲
關於海喲

划槳奴鞭撻時間之傷，影子斜立
船長未消磁的羅盤顯示航向與骷髏
沉澱了靈魂的陷阱和存在，關於海喲

一個夢所找不到的海圖窖藏
黃金雕像上數不清奪取的手印
故事發生又繼續，已經老了

關於此刻

舷燈仍在探看尚未看到的地方
溫柔星群酒沫浮在主桅航行燈上
船長是醒得把杯盞撞倒的人

靈魂靜靜聽節拍、兒歌、搖籃曲
肉體所有一切死亡或活著故事
連接了最幽微最遙遠星域

關於風暴

＊借張默先生詩：關於海喲

火　柴

紅鋼盔排列的白衣隊伍
是一燃就燒盡的恐怖組織。

未能焚舉火焰
　未能觸燃其他
意義就此消失。無人知曉相對的內容。

整盒火柴存陰鬱可怕的毀滅性格
以及焚盡前的惱怒，極其冷靜
化作自殺的烈焰及現實。等待
感受時間燜燻，被淚打濕。

薔薇故事

基隆夜街。各處有
愛戀女人……陌生裁縫店的
薔薇是朵可裸抱的無刺薔薇

要使用一次片時擁有嗎
還不懂薔薇之吻的中尉搖頭
那麼，同伴說：你就先回船吧

日記所夾薔薇，枯乾具香的黑色
影子回船的年輕中尉
臥在床之幌動上。默想愛

搖顫起伏，那可是薔薇的短暫
刺與眞實
　孤獨、美好的唯一薔薇
整個風濤吼叫他的夢幻

風濤之人

‧海風

在沒有岸的地方
風這樣對波浪說

如果失去容納，這份
存在，就沒意思了。
風常在已不存在的地方
找所記憶的東西。

·暮聲

殷實的、硬如骨脊的
一榻單人床擱在夜晚宵禁的軍營
吊鋪、辦公室、軍艦、演習場
扒在一盞燈伴守的
桌面，枕了戰報
最短的夢
夢到一再一再拭劍的動作

·夜蟬

日暮很深很深了

敞聲的叫了一天，這落日
剩下嘶吼渾濁的留蛻
沉暮處渾烈
深沉大海迴音

濤聲存留的灘岸把營區
留存殼蛻，肉體的將軍令
何其悲絕

・年　歲

一下子
踢在臉上的時間力道增重
痛得把一些
抓緊的，鬆開來

帶不走的一切
竟是這樣的負重
夢繼續移動，但衰弱了
被天地托住移不動
我種的那些薔薇
議論紛紛

某一日

遙遠海洋，某一日
在海濤、鯨背、日落內爆發想象
夢都喊叫的驚愕陌生中，現出
金屬的指針、巨大的鷹巢，楓紅的
射口，時間在震顫行走。

遙遠海洋近在窗外，冬天冷肅
住在腦臆；粼粼天色、晝夜混沌
國家地域飛航識別管制區新框架內
勢力裂瞳而出、風雲呼吸熾熱

遙遠的地方絕非僅存海洋的
呼應，關於自劃飛航管制勢力宣告。

一棵樹烙印枝椏間三個太陽
大海凝作鋼鐵硬度的對峙
按住時間揑定的位置
鑄焊炭火的某一日
一處遙遠海洋的某一日
四艘航空母艦三個國家戰略
將海和天空纏入彼此的糾葛。

我自問，一生此刻
看見擁擠的旗幟夢裏的鯨魚
和火場紋身之戰鬥力
出現南海、菲律賓海域
彼此告白了國家態度

撞擊脆弱和平
樹椏站滿了烈焰。

海軍追夢酒

‧乾杯

杯已乾了
壺空在那裡
所蜒蜿的路上
酒走著回家腳步
杯空了
家是不空的
路上儘是腳印

·走路

腦子漂懸乾杯的杯
心裏風聲淒厲
醉得路和人都歪斜
時間就這樣子……
有不容自察的蒼鬱
吞了天地緘默，依持
退伍喝空了的杯子
風從東南西北
去再找一次出發

·熱毛巾

乾杯的人，心頭事太多

該留自己在什麼地方？腸
胃內沸騰什麼？
喝多了酒一直甩頭
（妻不斷用熱毛巾擦拭這臉）
絕對的，否定的。而在否定什麼？
汗液甩動，喉嚨咆哮，我在此
（熱毛巾在拆卸我的過去）
喘息青春、歲月、未戰死的夢

．心事

看到夢、影子、變奏的
不曾闔眼的海底魚群
夜裏車牌上下幌動
在酒的溫度裏很眞實的
帶了沸冷的高粱記憶

一遍遍呼喚戰友名字
荒涼海原起伏疲憊憂思
巨大鍋爐吹懸了煙灰
一大串階級和鑰匙
軍中昔日的心事

・身　影

我會焦慮於自己消失嗎？

懵懂昏沉的、掛起軍服
探找自剛才那杯高粱酒內
仍然凜烈的初陽
最真實一刻
關於、卸下職責的一刻
領榮民證，夜裏吸飽冷空氣之一刻

黎明是遙遠的……
睡和醒兩端
我會單獨走
使用影子
無須太急的心跳

夜讀海戰史

所有燈、看不清楚
舷窗用遮光罩遮住了
部份，窗外夜的部份

星光被遮住的部份
逐漸找到了我的手
我的腳，手腳所該擱放的位置
翻撥身軀探找那被大海藏起
的鑰匙……開啓歷史記事

歷史只帶頭顱

身體卻未能回來
也怕身體回家
頭顱還淹在血裏
不在乎生死，燈被遮擋
夜銹蝕了，使力也推不開

十月

1.

人們聚集
守候晨光
自樓宇天空裂亮下來

國家之歌內走著逐漸走攏的
語言和歲月。幾位老者拿著
青天白日滿地紅，對話中的
一句是：人又老了一年

……時代有其哀傷汰替的又過一年。

2.

站在廣場
心頭昔日是一座銅像
十月，存在的
犧牲者、貢獻者
穿了整齊服裝，立正
在雜色人衆中。習慣的
揚國旗，唱國家之歌
十月十日，同一的口舌
向所有認識不認識的人們
喊升旗典禮開始
手搭在眉宇一同
敬禮。

這些——

全是我

蚊子和山溪

·蚊子

我攜帶一個飛翔小夢的生物
吸吮在攝取就擁有食物的世界
像楓葉，帶著瞬時被染顏色之飽足。

·山溪

流走的山溪
記憶寫實

水薑花的美、螢火蟲
的靜、山間溪畔敞開
每夜都醒著涼爽

小小溪水流動冷冽步伐
去找遙遠又遙遠海洋
夢不斷用回聲汗水
探測相隔距離

貓咪

年歲，似在
等待另些事物
貓睡入自己夢裏
手足鬆開、毛髮鬆絨
俯頭發出呼嚕。我和貓的我
路不好走，夢太急促
生活黏滿貓毛
貓卻走了……我必須再
把眼睛閉上。不想夢及的重又睜開
換一個場景、心境，事物；帶另隻貓咪。

我這隻雌蚊

我的
愛、祇是一具生命性囊的容器

莎拉珍金斯教授一九八七年觀察了
這生態現象。活在闇濕地域
等待任何不告白的約會，於烱熱
宿命的黃昏與夜；喜愛休息於
停滯酵味的物體上，是一個
象形文字，釋血的奧義者

更是一首輓歌，熱忱於

雨後寧靜豐繁的情動
空著渴夏的胸腹，迷離
夕陽狂熱抖顫一切在認認眞眞懷孕。

塵土

1

不可忽略
風中的漫天灰塵
路途上
一層又一層
蒙在人的輪廓

2

塵土不懂疲憊
人是懂得愛憎的
覆上一層又一層
頭顱前邁滲出一身汗
一搓再搓皮屑，風所剝飛的
整團存在的塵土

努力在風和塵土裏
喊叫自己
怕自己迷路怕
自己消失

峯頂

石頭浮沉作太陽的卜卦
獸徑通向山靈最高的祭壇
凝靜站立的那些風

已褪盡我毛髮骨肉內的絕對。

歸屬時間蒼涼、孤寂、衰替
曾有與未有的，大夢是靛紫的
一隻隻藍鯨背脊在遠方隱約

群山無聲。

沙漠

1.

極度寂寞
沙，神正在作
瞬息永恆的遷移
細微……粉屑之變貌，風所
堆壘、組合、消散
腰臀、夢般背脊

我爲自己取了方位

背朝太陽疊好影子
倒下時天空風沙
不說一語

2.

燃燒的黃色
喘倦的紋皺

塔喀拉瑪干
深處堆滿了
所有太陽和蝸牛
燙冷的空殼

3.

時間吃掉了
生命的一切
凝乾黃油漆的
骨頭訴說著

沙粒是被囚禁的人
……即使夢裏
大雨，眼淚磅礴
每顆人頭仍乾涸無比

犀

巨夜獨佇的岩石群
風雨閃電鐵皮倉庫

裹緊皮肉的火車頭
不說一語獨自站立

用一種尊榮，聚集族裔
隱私與告白作陌生對視

存於灰色、鑄了角的獸
狩立屬自己佔據的荒蕪

星光留存最深孤獨的到來
沉寂藏匿心跳與哀傷凝視
僅存的集聚非洲夜間莽野
母犀帶幼童參予角和甲冑之夢
瞭解著驕傲、羞怯、興奮與好奇

直線衝鋒並在槍聲下仆倒
硬得是荒野最乾旱大地的疙瘩
單純憨實勇敢的活著私有權
孤僻、頑強、耐寂寞……
頻遭盜獵的牠們是無畏的

地球感受犀牛們心跳
活在永遠的死亡裏

狼

長嚎震動了天上的回應
墜作隕石磨擦無數火尾巴。

作祈禱般長嚎，出於眷戀。昂首天地
出於感激。整團筋肉骨在吃與死亡間
扯動皮毛，追逐嬉戲……。吐舌喘息於空曠
好大的空曠啊，無比惶然。無比寂寞。
無比驕傲。無比嚴肅。

對巨大力量因夢而呼喚
一月球故鄉之孤獨光源。

貓

鎂光燈投閃、專注的
瞳孔收縮，嚴格管制
思慮通過與光線聚焦。我的愛貓
帶有絕對的自我性，包括窺探。

用夜視鏡頭拍攝萬物藏匿的表情
意識的暗房和私密，把世界微末
浸入藥水內、淚滴內、顯影眞相。

在夢域中以肉墊行走
爪牙軀體進行索探，愛貓
觸鬚輕碰著宇宙、星斗。

狗

祖先已不存在於原野
流浪下去是沒有歸屬的現實。

向每個臨近者搖動尾巴
不論友善或殺戮的接觸
尾巴是唯一表情。牙齒
吠聲都被當作了恫嚇。
饑餓，即使被擲誘
毒餌，也要感恩的吃。

生活必須吞嚼想像。我
在被愛的手所餵飼。

蚊

叮吮，飛翔之美學棲停了。
從未有敗德想法的蚊子
吸血也祇比吻重一點點
靜止的，請當成風中之愛吧。

豬

I

一刀下來很痛但我必須忍
我顫抖而後嘔吐然後哭喊
最後苦澀又輕蔑的笑了笑
死亡簡單穿透億萬個我們
就是養來殺的，我要吵鬧這眞理
習慣了豢蓄生活，一個我能逃亡那裡？
被集體囚送臨刑、痛過就不再怕痛
但不甘的哭喊比復活更哀慟

我沒有感覺祇是殺戮從未結束
我相信死是誠實話，希望
說話人來跟我交換身份
不需要姿勢，我放棄掙扎
代代生養我明白了嘲諷
也懂思想——人自己都悍衛不住
他們的戰爭與和平

Ⅱ

立在教會一次主日講台
思索：愛再多一點點之命題

我說出
每次開車過屏東養豬寮空間
風裏的豬糞味

我會深呼吸。因爲吃
豬肉的人不能厭惡嗅及
牠們的生活氣息

是對死和美味犧牲者的尊重
關於、骨頭與肉
內臟和舌頭、其他

我想到
久判不行刑的
死囚……每次做的夢極其狹窄。

跋：季節詩冊

所有的聲音／從寂靜裡／醒／來

——許丕昌．花蓮之眼

汪啓疆

1.

季節是寫實的，詩亦然。

季節是生活，如同一張張撕去的日曆。我喜歡這樣的日曆：日子可以撕下來，有一天一張的份量。生活總使我體認c·s魯益師所言：「除了現在，我們能在何處遇見永恆？」季節儘是神的愛和給予，人的感動和喜歡。

其實這本詩集當然是誠實認真的生活態度和敢於在平凡裏找出自己所認知的價值美學（走到海水過膝就喊深的人，他永遠不明白大海）。在日子內，不能自周邊悉現美好與感謝之事物，且不與之交談，是難觸悉自己之外存具的永恆性；我的信仰，藉由這些美好感受意識到存在與時日逐漸的：

忘我及共化。很喜歡近時所讀魯益師〈覺醒的靈魂〉所說：「我極端不以為然，學者和詩人，在本質上就比清道夫和擦鞋匠更討神喜歡。……貝多芬的作品和一個女傭的工作，在同一個條件下也就是向著神謙卑地工作。……要榮耀神的話，鼴鼠必須鑽地，公雞必須司晨。」

各按其職的盡心，這就是台灣精神和人生態度，這可能也是現在若干人所缺乏的社會責任。生命有其粗獷的本相，我們不是遮蓋而轉化，對於習慣於擴大負面的人，每以專業性驕傲，瞧不起某些事；但凡瞧不起人和事的人，無法看見任何比自己更高度的整體事物。同一道理，我瞭解詩的作為效應當是提出更積極的縫合、淨化和明白雙方美善的確切存在。

詩在翻犁土地，告訴您：本質和需要，看見和喜歡，批評和尊重，預見和祝福，不斷播種與整體和協。

我從未離開土地和感性。所有季節歸於人間、歸於塵土。

2.

在我前冊《風濤之心》詩集，收聚了自己海洋全程，以寫海洋長詩方式，從大航海帆船年代、迄達台灣海峽詭譎變異的國共內戰；從主義領袖的忠忱、到海洋浩瀚的生命軸線。整本書各輯、其實就是一首海洋詩。個人有著見證大海血裔與探險的初胚和海軍經歷的生涯成長；省思一個人和整體伙伴的共悉、波濤繼接處的那粒悲愴浩瀚落日……明白即使是在詩寫作的歷程滄桑內，我已不再是昔日之汪啓疆了。但那昔日又何等真實。

沒有惆悵，祇是安慰。海洋仍安靜在那兒。白鯨再度失踪，一人漂泊海上，死亡的等候，將心靈撐得有所畏懼、有所飽滿。一個過程，如同所有海洋人的過程。整個夢、如漁網，收回到陸地，曬在罟架上；帶了懶散，具足，認真焚燒後餘燼的星火。而生活的大地，充滿回聲，不再是男人們單獨世界，台灣已是繁複若三稜鏡的一點更易就全色皆變的政治板塊。我所認識的島嶼土壤與人情，需要若干重新整理與收攏。

我未再以海洋的嚴謹書寫一切的鹽漬心理來體察生活，聽蘇紹連的評言，用鬆開來的心作枝椏，閱讀另一類時間和領悟。我確可以將文字藉更多日子輕淡之美學，體察發現……簡潔明亮單緻的詩之書寫。

3.

田地就是世界，生活就是人間。所有聲音從寂靜裡醒來。季節是這樣誕生了。

它不是原來的聲音，而是透過我的另行吹奏。土地人寰大自然。季節，分春夏秋冬，我在寫實中持有太多體察領受和信仰認知的喜樂心，來完成詩集各篇。包括某次老戰友兒子婚娶，專為那一個喜酒北上導致的海軍追夢酒餘瀝；片刻桌面相聚，覺得風仍刮自海上與脊髓、心靈、故事、記憶與痕跡內。這本詩集的架構就出現了。「春・對土地說話」、「夏・許多事都發燙」、「秋・有一些些童謠」、「冬・是我的需要」、「海・有了倖存者」該是五官俱全。但在將兩年手札另一些東西與心緒整理、產生了不捨，就再以「這些・全是我」為第六季做成終結。

4.

亙住在高雄左營，是臨海、是鄉土，充滿溫暖感情與人文。我時時在港口、舊城垣內外、洲仔濕地、半屏山下菱田及耕地、旗山、美濃、那瑪夏、合歡山、森林原生區，佇立或靜坐。認真體認生活的發現和發生。它們就出來了。這本書內的詩都出現得很自然。祇是一寫到海洋，自己又會扭緊太多東西；就在「海・有了倖存者」內，我即使以短短鹽、方舟、四行詩、艙間書合為「美麗新世界」，實在就是這本書仍所隱藏的主題；再次以喜歡和美好、祝福和體認，敘述自己的誠實及愛情。

近些時候勤於閱讀，過世的沈從文先生以〈習慣〉為名有一段寫作自述：「我實在是個鄉下人……鄉下人照例有根深蒂固永遠是鄉巴佬的性情，愛憎和哀樂自有它獨特的式樣……他保守、頑固、愛土地、也不缺少機警卻不懂什麼詭詐。他對一切事照例十分認真，似乎太認真了，這認真處某一時就不免成為傻頭傻腦……我要表現的正是一種優美、健康、自然而又不悖乎人性的形式。……為人類『愛』字作一度恰如其分的説明。」非常之令我感動與滿足。我永遠無法企及長者的這份創作能量，但若把鄉下人改作軍人或海軍，是比自己講這本作品走向，更為妥切。

5.

認知並發現每一樣美好，已成為寫作固有習性。有這樣的季節環境和人世，才能有我這樣的寫作內容。即使含括著若干自我諷嘲；二〇一四年台北詩歌節，我選了「美麗小世界・五首」，對自己的介紹則是海軍軍官退役，現為全日監獄志工，軍事學校兼教及教會事奉，這些將是不變的，直到我老邁得不再能作思考整理，「像一尾魚安靜在睡眠的池沼」（楊喚語）才是停止。近年努力學習詩的生活化，及激勵死刑、無期徒刑、女子監所朋友的生命點火工作。——在這本詩集內我雖沒有觸及監獄，但在最後兩輯的書寫裏，最先落筆就是社會囚禁生態、死亡的感情、追夢的哀慽……我已然抓住我想說的。

極感激所敬重的詩友，在你們詩集裏，我學習、感知、消化，凝固，而得以孵化自己文學價值。謝謝張默先生給予序文。當然，對多年來一直幫助我的出版者、編輯群，感謝更是深刻的。

九歌文庫 1196

季　節

作者	汪啟疆
責任編輯	鍾欣純
創辦人	蔡文甫
發行人	蔡澤玉
出版發行	九歌出版社有限公司 臺北市105八德路3段12巷57弄40號 電話／02-25776564・傳真／02-25789205 郵政劃撥／0112295-1
九歌文學網	www.chiuko.com.tw
印刷	晨捷印製股份有限公司
法律顧問	龍躍天律師・蕭雄淋律師・董安丹律師
初版	2015（民國104）年7月
定價	**260元**

書號　F1196

ISBN　978-986-450-005-5

（缺頁、破損或裝訂錯誤，請寄回本公司更換）

高雄市政府文化局 合作出版
Bureau of Cultural Affairs Kaohsiung City Government

國家圖書館出版品預行編目資料

季節／汪啟疆著. -- 初版. --
臺北市：九歌，民104.07

面； 公分. -- (九歌文庫；1196)

ISBN 978-986-450-005-5（平裝）

851.486 1040086

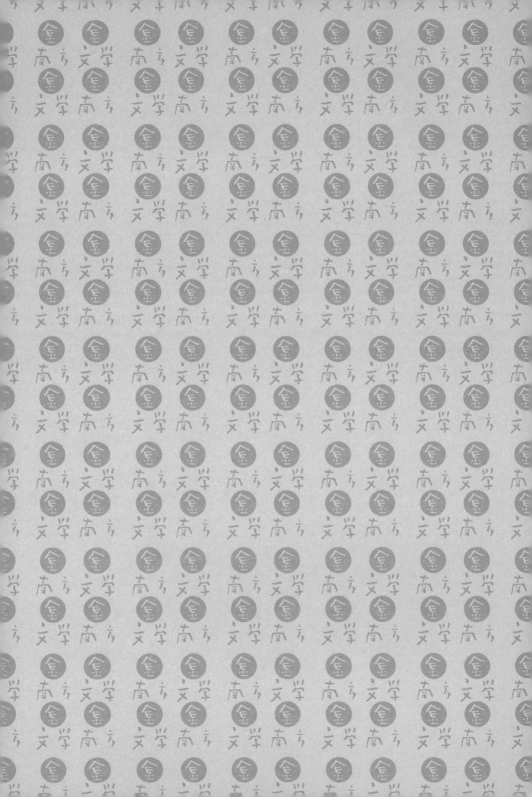